W0339850

L'herbe de guerre

Collection Les Uns Les Autres
dirigée par Germaine Finifter

Dans la même collection :

- *Sarah et l'Ecumeur de rivages* (Alain Adaken)
- *La lettre brûlée* (Rolande Causse)
- *La fille des sables* (Jane Hervé et Herma Kervran)
- *CES, ouvre-toi !* (Gérard Hubert-Richou)
- *Où sont passés les profs ?* (Michel Peyroux)

Xavière Gauthier

L'herbe de guerre

SYROS
ALTERNATIVES

Maquette de la collection : Gérard Lo Monaco
Illustration de la couverture : Nathalie Girard

L'auteur :

Xavière Gauthier est écrivain (pour adultes et pour enfants) et éditrice de livres pour enfants. Elle a un fils de quatorze ans. Elle s'est toujours sentie solidaire des combats pour la liberté.

Du même auteur :

- *L'insoumise* (biographie romancée de Louise Michel, Editions Manya)
- *La féline* (Syros, L'arrache-cœur)

6, rue Montmartre 75001 Paris
ISBN : 286138 740. X

Je remercie, pour sa relecture attentive et encourageante, Alban Bensa, maître de conférences à l'École des hautes études et chargé de missions de recherche en Nouvelle-Calédonie.

X. G.

L'histoire se passe en 1878, dans une île de l'océan Pacifique peuplée de Kanak*. En 1863, la France a décidé que cette île lui appartenait et qu'elle s'appelait la Nouvelle-Calédonie.

Kowi, un garçon kanak de douze ans, raconte.

Le terrible piétinement

Je n'ai pas pu me retenir de hurler. L'énorme bête qui venait en tête du troupeau m'a répondu par un épouvantable beuglement. Et ma terreur a été encore plus grande.

Je me suis mis à courir à toute vitesse ; mes pieds nus écrasaient à peine les écorces de niaoulis* qui jonchaient la terre. J'entendais derrière moi le piétinement de tous les sabots de bœufs, leur souffle puissant. Ces horribles animaux me poursuivaient, j'en étais sûr. Il y eut encore un meuglement dans mon dos...

Je me frayais un chemin à travers l'enchevêtrement de lianes aux feuilles fragiles et transparentes. J'aperçus enfin un banian* géant et j'y grimpai, aussi rapide qu'un lézard, en m'aidant de grandes racines aériennes. Quand j'ai été très haut dans l'arbre, je me suis senti un peu rassuré. Un peu seulement. Au-dessous de moi, je voyais les bœufs marcher et brouter, et cette vue m'emplissait de trouble.

Quand j'étais petit, quand le monde était bien en place, quand les hommes et la nature étaient en harmonie, ces grosses bêtes à quatre pattes n'existaient pas. Mes pères disent eux-mêmes qu'ils n'en avaient jamais vu. Et les pères de mes pères non plus. Quand les Blancs sont arrivés sur mon île, ils ont amené ces bestiaux. Depuis ce moment, l'accord qui unit les plantes, les roches, les animaux et les humains est en danger.

Je me suis penché, j'ai observé les ruminants aux museaux baveux. J'ai entrepris de les compter sur les doigts d'une main, puis de l'autre, mais ils étaient si nombreux que j'ai dû aussi avancer un pied, puis l'autre. Et ça ne suffisait pas. C'était un troupeau impressionnant. Aucun Blanc ne le dirigeait ; il était venu de lui-même ; peut-être allait-il s'en aller de la même façon. Mais, alors que montait en moi cet espoir, les bœufs se mirent au contraire à faire mouvement vers mon village. Quelle catastrophe ! Ils allaient passer par la tarodière* qui nous nourrissait, moi et les miens ! Ils allaient tout piétiner !

D'un bond, j'ai sauté de l'arbre. Je mourais de peur, mais je devais agir. Je le devais ! J'étais presque un homme, maintenant. Je comptais douze ignames* et j'avais été initié récemment. J'avais supporté sans une plainte, sans un tressaillement l'incision de mon membre viril. Aujourd'hui, je pouvais porter avec fierté mon bagayou* qui mettait mon sexe en valeur.

Certes, je cachais tout cela sous un pagne de tissu quand j'allais chez les missionnaires, car ils m'interdisaient de montrer ainsi ma virilité.

– C'est indécent, m'expliquait le père Augustin.

Lui, il cachait son corps tout entier sous une longue robe noire qui lui descendait jusqu'aux pieds ! Et il cachait même ses pieds ! Cela devait être terrible de marcher sans pouvoir sentir la terre… Et ses doigts de pied devaient être tout recroquevillés… Un jour je lui ai dit :

– Mais le Christ que tu montres dans ta case n'est pas plus habillé que moi.

J'ai alors reçu de grands coups de baguette sur les doigts. Je n'ai pas compris pourquoi. Dans ma famille, on ne bat pas un enfant. S'il a mal agi, on se moque de lui et cela l'emplit de honte.

– Insolent ! me disait le père Augustin en me frappant. Jésus-Christ est mort pour toi sur la croix, à cause de tes péchés.

Alors, j'ai fondu en larmes, j'étais très malheureux d'apprendre que cet homme était mort pour moi. Le missionnaire a cessé de me battre, en me disant :

– Ah, c'est bien, la correction fait son effet, tu te sens coupable.

En même temps que mon bagayou,

j'avais eu l'honneur de recevoir un casse-tête* en bois dur, en forme de bec d'oiseau. En sautant du banian, je l'ai brandi pour effrayer les gros animaux. Hélas ! la terreur retenait l'efficacité de mon bras, mes mouvements étaient bien incertains. Les bœufs se sont bousculés et sont arrivés encore plus rapidement dans la tarodière !

J'ai dû assister, impuissant, au ravage. Les bœufs croquaient à belles dents les grandes feuilles nervurées des taros*, plus hautes que moi. Ils piétinaient lourdement les pousses vertes et écrasaient les tubercules sous leurs sabots. Ils détruisaient même, de leur poids, les canalisations que mes parents avaient si ingénieusement arrangées pour qu'elles irriguent tous les champs cultivés en terrasses depuis le haut de la colline.

J'ai invoqué précipitamment mon totem* – la poule sultane – pour qu'il me donne une force égale à celle des quadrupèdes. Quand j'ai tenté de m'élancer sur le bœuf le plus proche, en levant mon casse-tête, il a retourné le museau et ses cornes si violemment vers moi que j'ai fait un bond en arrière... Et je me suis entaillé le pied sur un caillou pointu.

Mon totem-poule sultane, ce bel oiseau, ne courait sans doute pas dans les parages à ce moment-là ; il n'avait pas pu m'aider. J'ai pensé après que, contre les animaux envoyés par les Blancs, c'était leur dieu-totem que j'aurais dû invoquer, sa magie était puissante, il aurait peut-être été plus efficace. Mais c'était trop tard.

Grognant de douleur, les dents serrées pour ne pas pleurer, je suis revenu au village. La honte était dans mon cœur, je ne m'étais pas conduit en brave.

Rien que la tristesse

Je parcourus la longue allée, plantée d'araucarias* et de cocotiers, jusqu'à la case de Poindouroumié, construite sur un tertre de terre consolidé par des pierres. Devant, des perches me rassuraient sur la présence des morts au milieu des vivants. La magnifique flèche faîtière de la case du chef s'élevait au sommet du toit pointu, très haut vers le ciel d'un bleu intense. Cette majesté, cette harmonie me redonnèrent un peu de courage pour m'approcher de Poindouroumié et des hommes qui étaient assis près de lui dans l'herbe.

Je racontai tout et je conclus, en baissant la tête :

– Je n'ai pas réussi à empêcher le terrible piétinement.

Poindouroumié se tut d'abord, et son silence me parut affreusement long. Enfin, levant ses bras décorés de bracelets en poils de roussette*, il déclara gravement :

– Personne ne peut empêcher le terrible piétinement, Kowi. C'est ainsi. Les bêtes ont bouleversé le bonheur de notre terre. La terre est fertilisée par les cendres de nos pères et de nos grands-pères. Ainsi naissent les taros et les ignames qui assurent la vie.

Nambas, mon père, enleva la pipe de sa bouche et dit :

– Les ancêtres sont notre engrais et notre force, les bêtes les ont maltraités.

– Les ancêtres ne voudront plus donner la force vitale pour que les plantes puissent croître, se désola un ancien.

Je remarquai que les femmes s'étaient approchées. Elles s'assirent à l'écart, affectant de parler seulement entre elles. Mais nous pouvions très bien les entendre.

– Qu'allons-nous cuire dans nos marmites de terre ? disait l'une.

Elle tenait sur son bras un bébé qui, de temps en temps, soulevait un sein et tétait. De son autre main, il jouait avec le collier de pierres vertes qu'elle portait.

– Nous n'aurons plus de taros. Qu'allons-nous manger ? disait une autre, la pipe entre les lèvres.

– Qu'allons-nous donner à manger ? reprenait Kéa, ma mère.

Elle venait de donner naissance à un tout petit bébé et je comprenais qu'elle s'affole pour ses enfants. Elle remonta, à plusieurs reprises, le peigne en fins éclats de bambou, comme s'il glissait de ses cheveux ; mais c'était surtout un prétexte pour tourner la tête dans ma direction : elle avait tout de suite remarqué le sang qui coulait de ma blessure et elle s'inquiétait. Mais elle devrait encore attendre pour me soigner que nous, les hommes, finissions nos discussions.

– Quand les Blancs sont arrivés, se souvint un ancien, nous les avons reçus en frères. Nous étions curieux des nouveautés qu'ils apportaient à bouturer.

– Mais la greffe n'a pas pris. D'habitude, pourtant, sur notre terre, un chef vient toujours d'ailleurs, reprit Poindouroumié, qui était lui-même originaire d'une tribu de l'autre côté du fleuve.

– Ils ont coupé les grands arbres de nos forêts pour attacher les ailes de leurs pirogues, cela ne nous faisait rien.

– Ils ont mangé l'igname et le taro dans les marmites de nos clans, continua Nambas. Cela ne nous faisait rien.

Non loin de nous, les femmes, sachant que nous pouvions les entendre, commencèrent à murmurer entre elles :

– Mais les Blancs ont emmené nos filles pour qu'elles leur servent d'épouses...

– Mais les Blancs ont emmené nos sœurs pour qu'elles leur servent de domestiques...

Et, dans leur colère montante, elles hochaient la tête. Elles se touchaient les bras pour se consoler les unes les autres. Comme dans un chœur à deux voix, les hommes ont enchaîné :

– Mais les Blancs se sont mis à prendre

les champs aux maîtres de la terre, les premiers occupants, ceux qui l'avaient défrichée.

– Mais les Blancs ont emmené nos jeunes gens les plus forts pour faire leurs corvées.

– Mais les Blancs ont pris les échancrures du rivage pour mettre leurs villages, près des cours d'eau, sous les cocotiers, là où nous mettions les nôtres.

J'écoutais les hommes égrener la litanie des dommages subis. Ils disaient le vrai, ils étaient plus âgés que moi, je ne devais pas les interrompre. Mais une idée me venait, si forte que j'osai mêler ma voix encore fluette :

– Si les Blancs avaient besoin de ce que nous avons, c'est qu'ils devaient être bien malheureux, bien misérables chez eux, pour venir d'aussi loin, de l'autre côté de l'eau.

Aussitôt, la voix très forte de mon père couvrit la mienne, pour atténuer mon impolitesse.

– Les Blancs viennent voler notre nourriture et les biens que les ancêtres partagent avec nous, les vivants.

Le chef Poindouroumié se leva. Il n'était pas très grand, mais je l'admirais car la traîne de son bagayou s'étendait jusqu'à terre, montrant son importance.

– Les Blancs nous promettaient le paradis, dit-il, mais ils n'ont rien donné, rien que la tristesse.

Cette phrase désolée mit fin à la discussion. Alors, le beau Daoumi, qui venait d'avoir un premier fils et qui voulait garder de l'espoir, se mit à chanter. Sa voix douce égrenait des quarts de tons, je sentais dans son chant une plainte, mais aussi une menace.

Ka kop très beau, très bon
Méa moa rouge ciel
Méa ghi rouge hache
Méa rep rouge feu
Méa rania rouge sang
Anda dio pourra salut adieu
Mateh malch kalchmas hommes braves.

Nous avons tous repris en chœur. J'avais cueilli la fleur d'un grand trèfle sauvage de brousse, je la tenais dans mes doigts, je chantais, et mon âme était rêveuse. Autour de nous, les niaoulis levaient leurs branches agitées par le vent, comme s'ils pleuraient l'asservissement de la terre natale.

Quand le chant prit fin, le père de mon père, un vieillard à cheveux blancs, un des plus anciens à avoir habité le territoire en ayant fait alliance avec les génies du lieu, déclama d'une voix grave :

– Nous n'avons plus qu'à nous laisser mourir.

Alors, moi qui avais affronté la charge des bœufs, qui avais supporté la douleur de mon entaille au pied et qui avais subi la honte de mon impuissance, alors, moi, Kowi, je ne pus me retenir de pleurer en entendant mon grand-père parler.

Oui, j'étais un jeune guerrier, mais je pleurais.

La mission

Je me sentais mieux. Kéa, ma mère, avait appliqué sur mon pied un pansement d'herbes odorantes, le sang s'était arrêté de couler, la douleur était endormie. Allongé dans l'ombre, je réfléchissais. Je m'en voulais de m'être laissé aller au chagrin et je sentais monter en moi la colère.

Les hommes de mon clan étaient courageux. Souvent, je les avais vus revenir de la chasse ou de la guerre ; leurs armes étaient teintées de sang et leurs yeux brillaient. Moi-même, j'avais cessé de m'enfuir en poussant des cris apeurés, comme le font les femmes et les enfants, lorsque le chef sortait de sa case, vêtu de son fabuleux masque de bois des forêts profondes, aux cheveux de poils de roussette, et de sa cape en plumes de pigeon. Non seulement, je ne me sauvais plus, mais j'osais lancer mes sagaies en direction du masque... qui les esquivait habilement.

Alors, pourquoi aurais-je eu peur des étrangers ? Pourquoi les miens devaient-ils se soumettre ? Je cherchais un moyen de dire aux Blancs : vous n'avez pas le droit d'agir ainsi, vous devez faire la coutume* : échanger des dons contre les dons que vous recevez. Mais comment être entendu de leurs chefs ?

On m'avait raconté qu'un ancien de la tribu de Grappio était allé se plaindre à l'administrateur (qui est un chef blanc) :

– Les porcs de monsieur Baptiste écrabouillent nos cultures, avait dit le vieux.

– Portez-vous partie civile, avait répondu le Blanc.

Pourquoi avait-on prononcé une phrase dépourvue de sens, une phrase que personne ne pouvait comprendre ? Même le père Augustin, quand je lui avais raconté cette parole qui poisse, ne me l'avait pas expliquée. Ses doigts avaient fourragé quelque temps dans sa grande barbe rousse, comme s'il y cherchait une réponse, et, finalement, il avait dit :

– Il vaut mieux prier Dieu, Kowi, c'est plus sûr.

Je trouvais donc bien difficile de se faire comprendre des Blancs. Tandis que j'étais dans mes pensées, ma mère me donna involontairement une idée.

– C'est moi, ta mère, qui t'ai donné ton sang, disait Kéa, en me faisant boire une infusion. Moi, et tout le clan de ta famille maternelle, qui s'exprime par mon frère Ataï. Or, ton sang vient de couler, Kowi. Ton oncle maternel a été offensé, le sang versé est le nôtre, celui de notre clan.

– Tu as raison, approuva Nambas qui, entrant dans la case, avait entendu les dernières paroles de sa femme. Ton frère m'a confié la vie de Kowi, je dois le protéger. Son sang a coulé, il ira donc porter un cadeau à son oncle maternel, Ataï, dans la lointaine contrée où il habite.

Je fus vraiment heureux de cette sage décision. D'abord, c'était satisfaisant de devoir accomplir ce geste d'apaisement. Ensuite, cela me donnerait peut-être l'occasion d'aider les miens à redresser la tête. En effet, Ataï était un très grand chef, respecté par de nombreuses tribus, il parlait parfaitement la langue des Blancs, bien mieux que moi qui commençais seulement à l'apprendre au catéchisme. Je me promis de raconter à mon oncle le drame que mes yeux avaient vu. Quand il saurait, il n'hésiterait pas, lui, à aller demander justice.

Après la peur et le chagrin, après la honte et la colère, c'était l'espoir qui habitait maintenant en moi.

Je partis le lendemain même. Mon entaille au pied était déjà presque cicatrisée. Et l'importance de ma mission rendait ma démarche légère. Je marchais sur un petit chemin bordé de palétuviers et de bouaos*. Des abeilles voletaient sur leurs fleurs rose pâle. Quelquefois, je me trouvais nez à nez avec une roussette, suspendue par les pieds, enveloppée de ses ailes. Elle tournait un peu la tête et me regardait. Elle devinait sans doute que j'étais trop pressé aujourd'hui pour la chasser…

J'arrivai enfin devant la case de mon oncle. Sculptés dans le chambranle de la porte, les ancêtres me regardèrent entrer. Mon cœur battait fort, lorsque je m'inclinai devant Ataï, en signe de respect. Je lui tendis la « monnaie »* que j'avais apportée de la part du clan de mon père : des coquillages enfilés en collier et une longue jupe de fibres.

Mon oncle m'impressionnait beaucoup. Il était grand, fortement constitué et avait la tête grosse. Le lobe de ses oreilles percées s'allongeait sous le poids des anneaux. Il portait, ce jour-là, sur le sommet du crâne, un petit chapeau avec une aigrette de plumes. C'était son seul vêtement, hormis son imposant bagayou, et le noir cuivré de sa peau luisait dans la pénombre de la case.

Assis à ses pieds, était Andia, le nain, qui

rendait la stature d'Ataï encore plus imposante. Andia me faisait vaguement peur : il était difforme, avait les jambes torses, le teint olivâtre et les yeux bleus. Ses cheveux tombaient le long de ses épaules. Mais je savais que son cœur était droit et qu'il était entièrement dévoué à mon oncle. En ce moment, il chantait et jouait de la musique en soufflant par son nez dans une longue flûte en roseau. C'était beau !

Ataï ôta la pipe de sa bouche, caressa un moment sa barbiche bouclée qui se relevait en deux pointes, et prit dans ses mains les cadeaux que je lui tendais :

– Merci, Kowi, vie de mon sang, me dit-il. Je veillerai à ce que tu emportes une « monnaie » de la même valeur lorsque tu repartiras pour le clan de ta famille paternelle.

J'éprouvai alors une grande paix. La coutume se faisait. Mon totem était au plus profond de moi. Je n'étais qu'un fragment de l'univers qui m'entourait. J'exprimai toutes ces sensations en murmurant :

– *Go moru*, je suis vivant.

Mais je ne pouvais oublier la menace qui

pesait sur ma tribu, ni la mission que je m'étais donnée.

– Je n'ai pas pu t'apporter de taros, nous n'en aurons bientôt plus, ni pour faire la coutume, ni pour manger. Nous n'avons presque plus d'ignames non plus.

Et, d'une voix vibrante d'indignation, je contai l'injustice dont nous étions victimes.

– Toi seul peux aller le dire aux Blancs, ai-je conclu avec véhémence. Toi, ils t'écouteront.

A ma grande surprise, Ataï répondit :

– J'y suis déjà allé. Ils m'avaient pris des terres de La Foa, mes meilleures terres, celles qui ont une épaisse couche d'humus et que nos bâtons retournent sans peine. Mon clan avait été refoulé dans les parties montagneuses et ingrates.

– Et alors ?

Dans mon inquiétude, je me permettais d'interroger mon oncle maternel. Il me fit cette réponse terrible :

– Je n'ai rien obtenu. Rien. Ni justice, ni réparation.

J'étais consterné.

– Oh ! Peux-tu me raconter, je t'en prie ?

– J'ai pu entrer dans la case du gouverneur Orly. J'avais emmené deux sacs avec moi. J'ai ouvert le premier, il était plein de bonne terre, j'en ai pris une poignée et je lui ai dit : « Voilà ce que nous avions. » Puis, j'ai ouvert le deuxième, il était rempli de cailloux, j'en ai déversé une poignée, ils sont allés rouler sur le sol et j'ai dit : « Et voilà ce que tu nous laisses. »

Je m'enthousiasmai :

– C'était la vérité vraie ! Puisque tu l'apportais dans tes mains, le gouverneur a été obligé de la voir...

Mon oncle garda un moment le silence. Andia en profita pour glisser en riant :

– Et moi, j'ai ramassé une des pierres, j'ai mordu dedans et, pour qu'il comprenne bien, j'ai dit à ce gouverneur : « Tu veux donc nous faire manger des pierres ? Est-ce que tu manges ça, toi ? »

Cela me parut drôle et bien vu. Mais Ataï ne riait pas. Je compris combien il lui était douloureux de confesser l'humiliation :

– Orly n'a pas répondu. Il ne pouvait pas

dire le contraire de la vérité qu'il voyait. Il nous a fait jeter dehors par ses domestiques. Je n'ai pas voulu me défendre. Imagine, Kowi, ces hommes-là qui le servaient étaient des Kanak*, comme nous.

Il baissa la tête. Moi aussi. Je ne pouvais porter les yeux sur lui, maintenant qu'il avait dit la honte. Andia s'était remis à égrener quelques notes.

Soudain, dans le silence de la grande forêt, nous entendîmes le cri rauque d'une poule sultane. Retenant notre souffle, mon oncle et moi, nous avons regardé le bel oiseau aux plumes bleues s'approcher en sautillant sur ses longues pattes. Mon totem voulait bien se manifester ainsi. Quand il ne fut plus qu'à quelques mètres, je lui adressai très fort une prière dans mon cœur. La poule sultane me répondit en hochant plusieurs fois la tête. Ataï connaissait cette forme totémique que prenait mes ancêtres paternels et il comprit que les ancêtres eux-mêmes lui demandaient d'accepter ma requête :

– Nous partirons demain à l'aube, Kowi,

pour réclamer encore justice aux Blancs. Ta présence sera bénéfique, vie de mon sang.

Je n'avais pas besoin de remercier. Ma vie, la vie de mon oncle, la vie de la poule sultane, qui s'éloignait maintenant en volettant, c'était la même vie. C'était une petite partie de la nature.

Le soir tomba tout à coup. Les roussettes battirent lourdement des ailes. Le monde était en ordre.

La justice des Blancs

A l'aube, lorsqu'un vent léger eut dissipé les brumes de la montagne, je constatai que le monde était toujours en ordre parfait. Je m'engageai avec mon oncle sur les allées de gazon dont le dessin irréprochable disait le sens et la paix. Les palmes des cocotiers se découpaient sur le ciel pur. J'ouvrais largement les narines pour respirer l'odeur goménolée* des niaoulis et j'étais sûr que notre entreprise serait un succès.

Ataï était beau. Pour me plaire, il avait glissé dans sa chevelure un joli peigne en bois de santal. Il tenait une longue sagaie*, car un homme ne quitte jamais son village sans une arme. Mais, pour approcher les Blancs, il avait recouvert son corps d'un uniforme : tunique d'officier d'infanterie avec un galon d'or, et képi de chef. Les pantalons étaient sans doute une pénible contrainte pour lui, mais il devait se montrer capable d'endurer cet emprisonnement et cette surchauffe.

Quand nous sommes arrivés dans la ville des Blancs, le soleil commençait à donner son intense chaleur. Mais, quand nous avons pénétré dans le bureau du gouverneur, il était près de se coucher... Nous avions patienté pendant toute la durée du cycle du soleil, accroupis le long des murs de la case du chef, attendant que se terminent les discussions des Blancs pour savoir s'ils devaient nous recevoir ou non.

A plusieurs reprises, leurs paroles avaient été expulsées de leurs bouches avec une violence telle qu'elles avaient traversé les murs et étaient parvenues à mes oreilles.

– Ces singes ne mettront pas les pieds ici ! Ils vont salir avec leurs pattes noires !

– Et moi, je trouve que ces indigènes ne font pas mal du tout dans le tableau de ce magnifique pays…

– Il s'agit bien de beauté ! Si les colons n'avaient pas trouvé amusant et joli – oui, je dis bien : joli ! – de décorer leur cheminée avec les crânes de ces Naturels, nous serions peut-être moins dérangés par les réclamations.

– Je ne vois pas pourquoi…

– On m'a dit que ces cannibales prient devant les reposoirs des crânes de leurs défunts. Evidemment, ce n'est pas du meilleur goût, mais ce sont les coutumes de ces barbares et ils sont armés…

Mon oncle, assis sur ses talons, avait fermé les yeux. Réussissait-il à fermer ses oreilles aussi ? Moi, je n'y parvenais pas et ma fureur montait. Quand on nous autorisa enfin à entrer, Ataï paraissait très calme.

Je ne pus retenir un haut-le-cœur en pénétrant dans la pièce fortement imprégnée d'une odeur nauséabonde d'alcool et de transpiration. Le visage des Etres n'était pas blanc, mais rouge, ou même violacé.

Ils épongeaient, dans des tissus à carreaux, les rigoles de sueur qui coulaient de leur front, dégoulinaient sur leurs joues et dans leurs barbes, pour finir... dans les replis de leurs cous bien gras. Est-ce que j'avais vraiment affaire à des humains ?

– Encore toi, Ataï ! cria d'emblée le gouverneur. Tu m'as déjà dérangé, je te préviens que je n'ai pas de temps à perdre avec toi !

– Aujourd'hui, je ne viens pas pour moi, répondit Ataï. Aujourd'hui, je parle pour la tribu de Kowi, mon neveu, que voici. Dans son village, à Una, des bestiaux, en quantité innombrable, ont piétiné les récoltes.

– Dire que ces sauvages ne savent même pas compter ! Innombrable, qu'est-ce que ça veut dire, hein ?

– Cela veut dire dix mille têtes.

Tous les yeux se tournèrent vers celui qui venait de parler. Grand et mince, sanglé dans son uniforme militaire, il lissait sa fine moustache blonde. Fermement, il ajouta :

– Il s'agit sans doute du troupeau de

monsieur Brun, car ce colon habite la région. Les ravages occasionnés par ses bœufs peuvent être évalués à trois ou quatre mois de manque de nourriture pour tout le village.

– Comment le savez-vous, général de Trintinian ? interrogea Orly, estomaqué.

– Par les rapports qui s'accumulent sur les bureaux de votre administration, monsieur le gouverneur. Des vallées entières, des villages entiers sont enlevés aux premiers habitants de l'île, sans ménagement, sans entente préalable et sans indemnité aucune pour les spoliés. Les travailleurs indigènes sont traités avec déloyauté, je dirai même sans aucune bonne foi. Je me permettrai de vous faire remarquer, monsieur le gouverneur, qu'il n'est pas prudent pour nous de laisser faire ces immenses ravages par les colons français. Il faudrait demander des renforts à la métropole.

Orly parut un instant embarrassé, voire inquiet, par ces propos tenus par un de ses grands chefs militaires. Je crus qu'il allait nous proposer une réparation pour les dommages subis. Mais, tout à coup, il eut cette incroyable réflexion :

– C'est de votre faute, vous les indigènes, vociféra-t-il en se tournant vers nous, vous n'avez qu'à clôturer vos champs de légumes.

Tout aussitôt, Ataï eut cette réflexion de bon sens :

– Quand nos taros iront manger vos bœufs, nous les enfermerons dans des barrières.

Mon oncle sortit dignement. Je devais le suivre, mais mon sang bouillonnait. J'aurais voulu casser la tête de ces êtres malfaisants. Je traînai un peu en arrière et j'eus le temps d'entendre encore une voix furieuse crier :

– Si ces sauvages s'entêtent à planter leurs taros sur le passage du bétail de nos colons, nous ferons une ordonnance les avertissant qu'ils ont à déguerpir dans les plus brefs délais.

Je n'eus pas de peine à comprendre que c'était le gouverneur qui parlait. Quant au mot « déguerpir », je ne le connaissais pas, mais je devinai, hélas, bien vite que nous allions être chassés des terres de nos ancêtres. Cette perspective me fit vibrer d'indignation ; tous mes muscles étaient tendus, alors que je marchais derrière Ataï.

Non ! C'était impossible ! Mon oncle trouverait bien la riposte. Nous ne pouvions pas nous laisser faire ! Nous devions conquérir notre liberté ! Maintenant, la haine était dans mon cœur.

La danse de guerre

Les bambous creux frappaient le sol, les battoirs d'écorce bruissaient en cadence. Je fis une entrée solennelle, avec les autres garçons nouvellement initiés, dans mon village d'Una, où j'étais revenu depuis quelque temps. Nous portions avec fierté notre bagayou et nous soufflions dans de magnifiques conques marines. La foule nous accueillit avec des sifflements et des vivats. Le maître de cérémonie, grimpé sur une perche, déclamait à toute vitesse un poème présentant tous les clans du pays. Le flot de ses paroles était presque couvert par le martèlement scandé du sol, tant la danse était fervente.

– C'est le plus beau pilou-pilou que j'aie jamais connu, glissai-je à mon voisin.

Dans l'effervescence de la danse, il haletait, mais il trouva le moyen d'éclater de rire :

– Tu es drôle, me dit-il, tu utilises le mot des Blancs. Ce sont eux qui appellent nos fêtes des pilous-pilous.

– Oui ! Ils croient ainsi imiter le froissement des branches et des écorces…

– Ils en sont loin !

– Ça ne fait rien ; c'est un mot amusant. On le garde.

C'était un pilou-pilou très important. Il était donné en notre honneur de jeunes initiés, nous brandissions chacun un petit bouquet de feuillage et nous déchaînions la fierté enthousiaste de nos parents des deux clans, paternel et maternel.

La fête avait commencé dès le matin, lorsque Ataï était arrivé chez nous. Il avait offert la même longueur de « monnaie » que la mienne, l'autre jour : coquillages enfilés, cordons en poils de roussette. Le contre-don avait été parfaitement égal au don.

Puis il s'était penché à l'oreille de mon petit frère nouveau-né pour lui insuffler son âme :

– Que bienheureux soit ton esprit, et haut ton totem, pour que tu pisses et chies, que tu aies l'oreille fine, l'œil clair, les membres forts, pour que ta tête soit un rocher, et pour qu'ils exaltent ton souffle, eux tes pères et grands-pères qui t'ont donné et remis dans le clan de tes oncles maternels.

J'avais été ému d'entendre la parole d'Ataï, car je savais que mon oncle me l'avait dite, à moi aussi, lorsque j'étais né.

Et maintenant nous dansions tous, serrés, échauffés, enivrés du contact de la terre nue sous nos orteils largement écartés. Les turbans et les couvre-chefs cylindriques en vannerie s'ornaient de plumes de coq multicolores. Ceintures, bracelets et jarretières en poils de roussette enserraient le haut des bras et les mollets. Les bagayous s'agrémentaient de longues traînées de fibre d'écorce. Les hommes étaient parés de bijoux de nacre précieux et peints de couleurs vives, noires, ou blanches. Les corps, libres et nus, souples et rapides, vibraient avec la nuit, avec l'âme des végétaux. Comme c'était beau ! Et harmonieux ! J'étais transporté d'allégresse...

Au parfum de l'herbe et des niaoulis se mêla bientôt l'odeur des tortues cuites dans les pierres du four et des civets de roussette que les femmes apportaient. Nous nous sommes assis alors pour restaurer nos forces, remerciant nos ancêtres d'avoir permis aux ignames de pousser, la saison dernière.

La nourriture était délicieuse mais elle viendrait à manquer, nous ne pouvions l'oublier. Bientôt, nous allions souffrir de la faim. Dans ce grand pilou-pilou qui rassemblait de nombreux clans, chacun pouvait faire entendre sa voix sur cette question qui agitait tous les esprits.

Le premier, le chef Padjoroumi, toujours nerveux, prit la parole :

– A Bouloupari, le bétail du colon Boutan a dévoré nos plantations de bananiers et piétiné les perches qui soutenaient les feuilles si fragiles de nos ignames. Nous avions pourtant écouté ce que le gouverneur avait dit à Ataï, nous avions construit des clôtures pour nos champs, mais les bœufs les ont brisées.

– Chez les miens, à Tomo, dit le chef Napoléon avec véhémence, on a pris de force les jeunes hommes pour faire les gros travaux qui épuisent et ne servent qu'aux étrangers.

– Mais on peut très bien s'entendre avec eux, intervint le chef Pierre Chérika. Moi, en échange de mes terres, ils m'ont donné trois pipes et un petit tonneau de tafia*.

J'imaginai qu'il avait dû boire le tonneau entier. En effet, au lieu de danser avec nous, il était resté écroulé dans l'herbe toute la nuit.

– Ils ont une drôle de façon de faire la coutume, protesta Ataï. Et que nous donneront-ils en échange de nos jeunes filles livrées aux soldats ?

– Rien, dit un vieux, cette honte ne peut s'effacer.

– Chez moi, ils ont emmené deux

femmes qui ramassaient des coquillages. Elles ont hurlé et se sont débattues. L'une s'accrochait aux branches d'un niaouli, les soldats s'acharnaient sur elle, ils ont brisé la branche et ils l'ont renversée à coups de pied dans le ventre. L'autre s'est jetée à l'eau, nous avons mis les embarcations pour la sauver, mais les soldats l'ont emmenée en la tirant par les cheveux.

– Je sais qui a brûlé les cases de ma tribu, dit un homme avec un accent de rancœur et de menace, c'est le colon Salmon, il voulait construire là sa maison.

– Et chez moi, à Pama, le Blanc Mazelle a tiré deux coups de fusil sur mes frères qui passaient près de sa maison, une nuit, pour aller à la pêche. J'avais pourtant fait alliance avec lui... Il a trahi !

Je remplissais mes oreilles de la parole qui allait et venait comme le flux et le reflux. Je mesurais que ceux de mon clan n'étaient pas les seuls à souffrir des actes des Blancs ; nous tous, les hommes, les Kanak, nous subissions le même sort.

Alors, peu à peu, sortirent des gorges

nouées des murmures de rébellion, qui se transformèrent bientôt en cris :

– Ça suffit ! Les Blancs ont rompu toutes les alliances...

– Ça suffit ! Il faut leur faire la guerre !

– Oui, mort aux Blancs !

– *Maté euneu* ! Mort aux Blancs ! reprirent plusieurs voix.

– Jamais ! coupa le chef Noudo. Je ne trahirai pas la parole échangée avec eux. Ils me donnent à boire le tafia qui rend fort et joyeux.

– Nous ne pouvons rien contre eux, dit tristement un ancien. Depuis La Foa, nous avons secrètement emmené le totem-lézard dans le jardin du gouverneur. Par trois fois, nous l'avons lancé sur lui lorsqu'il passait. Nous n'avons pas pu l'atteindre.

Il y eut un long silence. La pleine lune éclairait fabuleusement les hommes sous les découpes noires des grands arbres. C'est alors que Ataï prononça, d'une voix rapide et coléreuse, ces paroles qui frappèrent comme la foudre :

– Pour combattre les Blancs, nous devons

prendre les mêmes armes qu'eux, nous devons avoir des fusils.

Et, tandis que tous les visages se tournaient vers lui, il ajouta :

– Et nous devons tous nous unir, nous, les Kanak.

Que mon oncle me pardonne, mais cette idée me choqua d'abord beaucoup. Et bien d'autres avec moi. Nous étions accoutumés à nous faire la guerre entre tribus. Il y avait des ruptures d'alliances. Comment s'unir avec ceux qui trahissaient ? Ne devait-on pas leur faire la guerre ? Comment s'unir avec ceux qui avaient laissé couler le sang des vies confiées par les maternels ? Ne devait-on pas saccager leurs biens, détruire leurs vies ? Comment s'unir avec ceux qui avaient fait alliance avec les Blancs ?

Une bonne partie de la nuit, les vieux posèrent des questions. S'indignèrent du non-respect de la coutume. Représentèrent ce qui pouvait déplaire aux ancêtres protecteurs.

– Les Blancs sont puissants et terribles, disait l'un.

– Le chef Bouarate s'est rebellé, se souvint mon grand-père, il a tué les catéchistes. Eh bien, il a été exilé, ses tribus décimées, tous les villages avoisinants incendiés et les plantations détruites.

Mon aïeul levait les bras, en un geste pathétique.

– Il vaut mieux se laisser mourir, concluaient plusieurs anciens.

Mais, alors, Ataï a su dire la parole qui convainc :

– S'il ne nous reste plus qu'à mourir, mieux vaut mourir en combattant. Bientôt, c'en sera fini de nous. Ils prennent nos terres, ils prennent nos femmes. Mieux vaut résister pendant qu'il est encore temps. Ils triomphent de nous parce que nous sommes divisés. Armons-nous ! Unissons-nous ! Nous vaincrons ! Mort aux Blancs !

Remués par ces paroles courageuses, la plupart des hommes crièrent :

– *Maté euneu* ! Mort aux Blancs !

Et, cette fois, j'osai mêler ma voix à ce chœur.

Les grosses étoiles pâlissaient dans le ciel, le soleil allait bientôt paraître. Les longues heures de discours s'achevaient. Alors, les hommes sautèrent sur leurs casse-têtes et leurs herminettes*, et reprirent leur danse frénétique, en brandissant leurs armes : c'était devenu une danse de guerre.

Il me sembla apercevoir le chef Noudo, ainsi que Segou qui le suivait toujours et quelques autres, se glissant furtivement et s'éloignant. Sans doute ne voulaient-ils plus participer à ce pilou-pilou qui scellait l'alliance des clans. Mais, tout à ma joie de savoir que la révolte était proche et que nous allions nous battre pour la conquête de notre liberté, je n'attachai pas beaucoup d'importance à ce lâche départ.

Déjà, Andia, soufflant dans sa flûte nasale, chantait :

« Le takata, dans la forêt, va cueillir l'adoueke, l'herbe bouclier, au clair de lune, l'adoueke, l'herbe de guerre, la plante des spectres.

« Les guerriers se partageront l'adoueke qui

rend terrible et charme les blessures.

« Les esprits soufflent la tempête, les esprits des pères ; ils attendent les braves. Amis ou ennemis, les braves sont les bienvenus par-delà la vie.

« Que ceux qui veulent vivre s'en aillent. Voilà la guerre : le sang va couler comme l'eau sur la terre. Il faut que l'adoueke soit aussi de sang. »

Comme le soleil se levait, d'un coup, resplendissant, je me couchai dans l'herbe, épuisé par ma nuit de danse. Je sentais dans mon corps les vibrations de la terre que j'avais martelée de mes pieds nus. J'entendais, tout près, le chœur à deux voix, les bambous creux frappés en cadence sur le sol, et les battoirs d'écorce. Mon cœur cognait d'exaltation : j'allais participer à une guerre ! J'étais grand, j'étais un homme, je ne ressentais aucune peur.

Je m'endormis, ce matin-là, en serrant dans mon poing la massue à bec d'oiseau.

L'attaque

Je rampais silencieusement vers le poste militaire de La Foa. En tant que neveu du grand chef Ataï, j'avais l'honneur de pouvoir le suivre à quelques mètres, tandis que ses trois fils se tenaient à l'arrière. Nous étions nombreux (cinq fois les doigts des deux mains) à progresser ainsi, bondissant, disparaissant dans les hautes herbes, la main déjà posée sur le doigtier tressé qui nous servirait à propulser au loin la sagaie. Dans un filet, sur notre tête, les pierres de fronde étaient polies et rangées. C'était – enfin ! – le moment de l'attaque.

Plus d'une igname s'était écoulée depuis le grand pilou-pilou où Ataï avait appelé à la révolte. J'avais été bien impatient, moi qui croyais que la guerre commencerait dès le lendemain. Mais cette guerre-là n'était pas comme les autres. Elle avait demandé une très longue préparation. Les alliances entre clans ne pouvaient se faire sans échanges, sans précautions, sans difficultés.

Et puis nous avions dû observer les techniques des Blancs... tout en nous cachant d'eux. Derrière les niaoulis et les flamboyants rouges, à la lueur des feux, nous avions fourbi nos armes. Nos mères et nos sœurs nous excitaient au combat.

Elles ajoutaient des plumes chatoyantes à nos couvre-chefs. Les jeunes enfants faisaient le guet. Dès qu'un Blanc était signalé, nous disparaissions sans bruit derrière les hautes herbes ou les quartiers de roc. La nuit, nos pirogues glissaient le long du rivage. Le jour, ces embarcations légères étaient dissimulées derrière les palétuviers et dans les criques.

Pendant ce très long temps, notre situation avait beaucoup empiré. Une sécheresse extraordinaire s'était emparée de notre île. La chaleur était devenue intolérable, étouffante. Trois de mes petits frères et sœurs étaient morts. De soif, je crois. Je les avais vus mourir et mon cœur avait saigné.

J'avais pensé que le nourrisson, lui, ne pouvait pas mourir, puisque Ataï était venu le saluer à sa naissance. Mais la magie des Blancs avait été plus forte : le père Augustin était venu lui donner son extrême-onction, et, presque aussitôt, le bébé était mort. J'avais bien vu, cette fois, que cette sorcellerie avait tué mon petit frère. Depuis ce jour, la haine – une haine féroce – était dans mon cœur.

Des femmes, aussi, autour de moi, avaient été tuées par le soleil, qui frappait comme la foudre. Tout était brûlé dans les environs. Les collines, que j'avais toujours connues d'un vert éclatant, étaient jaunes et rouges. Beaucoup d'arbres avaient perdu leurs feuilles. Certains mouraient, alors qu'ils auraient dû bercer de leur ombrage les petits enfants que j'aurais un jour. Des multitudes d'insectes s'étaient abattus sur cette terre de désolation : des sauterelles, des mouches, des moustiques, des cancrelats...

Bien sûr, nous avions mangé les sauterelles grillées. Mais cela ne suffisait pas. La famine nous prenait à la gorge, nos ventres étaient devenus tout flasques. Je voyais bien que le ventre des Blancs, en revanche, était parfois si gros qu'ils n'arrivaient pas à boucler leur ceinturon ou à boutonner leur soutane...

A plusieurs reprises, les chefs avaient lancé la hache ronde cérémonielle, la hache de jade, vers le soleil, pour qu'elle le frappe et que la pluie tombe enfin. Sans succès.

Le pire était toujours le bétail. Avant la sécheresse, il restait quelques colons qui n'avaient pas encore osé lâcher leurs bœufs sur nos cultures d'ignames. Eh bien, même ceux-là avaient maintenant laissé leurs bêtes affamées dévorer notre nourriture.

Cet immense malheur avait au moins

servi à convaincre des clans réticents. Nous étions tous unis. Enfin, presque tous. Il fallait se battre ou mourir.

Nous n'étions plus qu'à quelques mètres du poste militaire. Ataï nous fit signe de nous arrêter un instant. Nous observâmes les gendarmes installés dehors. Aucun d'eux ne nous avait entendus venir, j'en étais sûr. Avec leur curieuse façon de s'asseoir sur des chaises, autour d'une table, ils buvaient des rations de tafia et jouaient aux cartes. Ils ne se méfiaient pas et avaient posé leurs fusils contre le dossier de leurs chaises. Je compris que leur dieu-totem ne les avait pas avertis et cela me donna une formidable envie de vaincre.

Ataï fit un grand geste du bras. D'un bon extraordinaire, je détendis tous mes muscles et je fus un des premiers à jeter ma lance. J'avais, d'emblée, visé le chef. Ma sagaie l'atteignit à la jambe, mais sa botte empêcha qu'elle ne s'enfonce profondément. Il poussa un grand cri et saisit son fusil. Il me tenait en joue ! Heureusement, Ataï était tout proche. Il avait déjà fendu le crâne d'un gendarme. Avec sa hache de fer, il eut le temps de sectionner le bras qui tenait le fusil. Le coup de feu partit, mais la balle alla se perdre dans les fougères... J'étais sauvé.

Autour de moi, tous avaient lancé leurs pierres de fronde avec de grands gestes. A présent, ils maniaient vigoureusement leur casse-tête en bois dur qui se teintait de sang. Celui d'Ataï se terminait comme le sexe d'un homme et c'était une grande gloire de guerrier de si bien s'en servir.

L'un des gendarmes, tombé à terre, se débattait en criant. Son casque le protégeait. Je m'approchai et lui enfonçai ma hache en pleine poitrine. Je hurlai de joie ! Mon arme, qui n'avait encore bu que le sang des arbres et des poissons, avait frappé un homme au cœur...

Tous les gendarmes que nous avions attaqués par surprise au-dehors étaient tués. Mais ceux qui étaient à l'intérieur sortaient en tirant au fusil. Ils espéraient nous faire peur. Peur ? Dans la fièvre du combat, pas un de nous ne recula. Certains firent des bonds en arrière... pour mieux sauter encore.

Le beau Daoumi, celui qui venait d'être père pour la première fois, celui qui chantait si bien en quarts de tons, fut tué d'une balle en plein front. Nous avons alors poussé notre formidable cri de mort, qui roula en écho de montagne en montagne. Son fils serait donné à repiquer dans ma famille, il prospérerait comme une bouture d'igname.

Nous étions très heureux – et fiers – de notre première victoire. Maintenant, nous devions nous cacher très vite. Jusqu'à présent, chaque révolte des nôtres avait entraîné de terribles représailles. Cette fois, nous étions bien décidés à les empêcher. Nous avons couru nous dissimuler au fond de la brousse, au cœur de notre monde végétal et spirituel, pour que les ennemis ne nous atteignent pas.

Surtout, pour les affaiblir, nous avons pris soin de transporter avec nous le cadavre du chef-gendarme, bien reconnaissable à son képi et à ses galons. Nous avons dépecé le corps, les femmes l'ont fait cuire, longuement, dans leurs fours de pierre. Puis nous avons mastiqué, gravement, tous les morceaux : cette façon de faire disparaître le corps privait définitivement les vaincus des cérémonies de deuil.

– Grâce à toi, vie de mon sang, me dit Ataï, ce mort ne deviendra pas un ancêtre protecteur pour ceux qui restent.

Je fus transporté d'orgueil, mon oncle vénéré m'adressait un tel compliment ! Cependant, il ajouta :

– Mais nos ennemis sont nombreux et dangereux. Ils voudront venger leurs morts. Nous devrons nous battre violemment pour qu'ils aient vraiment peur de nous, nous devrons nous battre longtemps pour qu'ils sachent enfin que, avec la protection de nos vieux, nous sommes les maîtres de notre sol.

La victoire

Le lendemain, nous avons lancé d'autres attaques-surprises. Je m'exaltais à nous voir si nombreux et – enfin ! – plus forts que les Blancs qui nous avaient si longtemps écrasés.

Par petits groupes, nous foncions sur les maisons des colons, nous entrions de force, prenions tout ce qui peut se manger pour calmer la détresse de nos ventres vides ; les habitants étaient tués et les maisons brûlées.

– Enfin ! s'enthousiasmait Poindouroumié, nous leur reprenons ce qu'ils nous ont pris.

– Ça doit suffir, maintenant, sans doute,

intervint Nambas, mon père, qui malgré sa voix forte, était d'un naturel paisible. Les Blancs ont compris. Nous pouvons arrêter la guerre.

– Non, la guerre ne fait que commencer ! répliqua vivement Ataï. Nous devons triompher des Blancs dans tout notre pays. Nous devons libérer notre peuple tout entier, pas seulement une tribu.

Je vibrais à ces paroles justes et généreuses.

– Oui, il faut tuer ceux des nôtres qui ont fait alliance avec les Blancs, qui les servent, rampent devant eux et nous narguent.

Ces phrases, prononcées doucement par un ancien qui, malgré ses cheveux blancs, participait fermement au combat, redonnèrent une grande ardeur aux combattants.

Presque aussitôt, nous sommes partis attaquer le poste militaire de Bouloupari. Padjoroumi marchait en tête car c'était sa région. Comme pour La Foa, nous avons progressé silencieusement. Mais un des auxiliaires militaires kanak, placé en faction, fut alerté par un infime bruissement de feuillage. Il lança sa sagaie et atteignit au front l'un d'entre nous. Nous ne fûmes pas longs à réagir : quelques instants plus tard, il gisait, dépecé. Il n'avait pas poussé un cri.

Nous avons encerclé le poste et une lutte sauvage s'est engagée. Les gendarmes tiraient sans discontinuer au pistolet et au fusil. Nous nous baissions derrière les lianes enchevêtrées et les immenses fougères arborescentes, nous nous relevions, rapides comme l'éclair du cyclone, lançant nos pierres de fronde ; nous nous effacions derrière les troncs des araucarias sur lesquels les balles ricochaient et nous réapparaissions, brandissant nos massues. Certains d'entre nous étaient blessés. Mais rien ne pouvait nous faire reculer.

Plus petit et plus mince que les autres, je parvins à me glisser par un interstice du mur en torchis, à l'arrière du poste. La pièce était sombre ; je ne voyais pas bien, mais j'entendais :

– C'est Rioux ! Vite ! Poste de Bouloupari. Les sauvages nous massacrent. Envoyez du secours ! Vite !

Mes yeux s'étaient habitués à l'obscurité. Je voyais ce monsieur Rioux. Ses doigts manipulaient fébrilement un gros appareil de fer. D'un coup, je lui enfonçai ma lance dans le dos, le transperçant de part en part. La pointe de la sagaie se ficha dans le bois du bureau. L'employé, lourd de graisse, s'effondra sur sa machine.

Ataï, accouru, me félicita :

– Magnifique, Kowi ! Ce que tu as fait est très important. J'espère que l'appel au secours n'a pas été entendu.

Et, comme je m'étonnais, il m'expliqua :

– Cet appareil est un télégraphe. Les Blancs s'en servent pour communiquer entre eux, même de très loin, sans parler.

– Mais celui-là parlait quand je suis entré...

– Il parlait tout seul. Par peur, sans doute. Le message passe par les petites touches sur lesquelles il appuyait et arrive directement à Nouméa.

Jusqu'à Nouméa ! Décidément, la magie des Blancs était puissante. Mais mon oncle savait comment l'empêcher :

– Il suffit de couper les fils noirs attachés à ce poteau, là.

Immédiatement, un de ses fils, armé d'une hache à lame de pierre, grimpa au poteau et coupa les fils. Avant moi ! Nous poussâmes des cris de joie.

Mais un des gendarmes avait réussi à s'enfuir. Bien que blessé à la cuisse, il montait sur son cheval et fonçait au galop à travers les lianes et les flamboyants. Il allait, bien sûr, donner l'alerte. Nous les poursuivîmes de nos lances, mais un cheval est une bête terrible et rapide. Le gendarme disparut à bride abattue dans la brousse.

A notre tour, nous nous sommes enfoncés parmi les arbres et les enchevêtrements de lianes à feuilles argentées, vert vif ou sombre.

Dans la soirée, nous avons eu la chance de repérer un petit groupe de cavaliers. Nous pouvions les compter sur les doigts des mains. Nous, nous étions innombrables.

Nous nous sommes approchés doucement, protégés par de grandes roches volcaniques. Et, surgissant de toutes parts, nous avons promptement entouré nos ennemis.

– Tirez-moi sur ces diables ! N'en laissez pas un vivant ! commanda leur chef, un grand moustachu.

– Celui-là, j'ai eu affaire à lui, me dit Ataï, près de qui je me tenais. C'est le capitaine d'infanterie de marine, de Joux ; il a juré la perte de notre race. Mais il fanfaronne...

Nous n'étions pas des cibles faciles, nous étions toujours en mouvement. Nous poussions des cris farouches et piétinions sur place en brandissant nos armes, pour effrayer l'ennemi. Padjoroumi, armé d'un fusil qu'il avait pris sur un gendarme de Bouloupari, tua un cheval, démontant son cavalier. Et nous hurlâmes de joie !

Le cercle se rétrécissait de plus en plus autour de la petite troupe. La forêt s'obscurcissait, la nuit allait tomber. Quand Ataï leva son casse-tête, nous nous élançâmes tous. Les cadavres des nôtres, qui tombaient sous le feu des Blancs, n'arrêtaient pas notre impétuosité. Andia trouvait la force de chanter, par-dessus le hennissement des chevaux et le tonnerre des armes à feu.

A la nuit noire, comme les roussettes s'éveillaient et commençaient à battre des ailes dans les arbres, nous étions complètement vainqueurs.

Nous avons pu ramener les blessés jusqu'aux grottes où nous nous cachions. Là, les femmes firent des pansements d'herbes qui guérissent. Nos mères et nos sœurs avaient préparé tout ce qu'elles avaient pu trouver de nourriture pour réparer nos forces. Elles avaient cueilli des pommes d'acajou, fait mijoter des racines de magnana. Elles nous servirent aussi des sauterelles et des araignées blanches grillées. Mon corps, rompu de fatigue, reprenait vie au contact de ces pauvres mets.

Mais j'étais soucieux. Mon père avait reçu une balle à la tempe, juste au coin de l'œil, et il ne voyait plus de ce côté. J'aimais beaucoup mon père. Depuis que j'étais petit, j'imitais ses gestes, il m'apprenait à chasser et à pêcher, il était le protecteur de ma vie et, avec le clan des paternels, représentait la lignée de puissance. Il m'avait légué son totem. Était-il possible qu'il restât borgne ?

Le takata* l'opéra longuement avec un morceau de verre, retira la balle, ainsi que la taie qui recouvrait l'œil. Nambas avait pris une forte infusion de fleurs de niaouli et supporta la douleur très courageusement. Il dormit toute la nuit. A l'aube, il ouvrit les yeux et nous remplit de joie en disant :

– Je vois distinctement le bois de la case…

Il sortit au jour, quelques grosses gouttes de pluie s'écrasaient sur la terre, exaltant son parfum et l'odeur goménolée des niaoulis. Mon père remercia son totem-poule sultane qui se trouvait sans doute non loin de là, dans les buissons. Celui-ci avait aidé le takata à lui rendre la vue.

Le traître

La guerre faisait rage. Depuis très longtemps, la guerre faisait rage. La saison sèche était passée. La saison chaude et humide était bien avancée. Et l'amertume était entrée dans mon cœur.

Je me souvenais de la joie et de la fierté des premiers jours : nous étions partout triomphants. Grâce à l'effet de surprise. Aujourd'hui, le combat était bien difficile. Et inégal.

Un soir, au péril de sa vie, le père Augustin était venu nous trouver. Des hommes avaient pressé le doigtier de leurs lances, mais Ataï les avait arrêtés :

– Non ! Pas ce missionnaire ! Il apprend à lire et à écrire à nos fils.

Mon grand-père l'avait approuvé :

– Le savoir est la plus belle et la plus respectable des vertus. Si les Pères meurent, ils ne pourront plus apporter la connaissance.

Le père Augustin avait voulu me parler, à moi. Il disait souvent que j'étais intelligent et qu'il voulait faire de moi un catéchiste. Cette idée me faisait horreur, car je savais que les catéchistes n'avaient pas de femme, mais j'avais gardé cette pensée pour moi.

– Kowi, me dit-il ce soir-là, tu es grand, tu es raisonnable, tu peux m'écouter.

Mais tout mon être se raidissait. Le temps était à la guerre, le temps était à la haine, et je ne voulais pas écouter les conseils d'un ennemi.

– Arrêtez vos actes de barbarie et de cannibalisme, reprit-il, ce sont des péchés impardonnables, tu le sais. Jésus est venu apporter au monde un message de paix.

Puis, voyant que je gardais les yeux farouchement baissés, il changea de ton :

– De toute façon, vous allez être vaincus. Les Français sont supérieurement armés.

Maintenant, plusieurs milliers de soldats, de marins et de gendarmes sont venus en renfort de la métropole. Ils vont vous tuer par centaines. C'est affreux, car beaucoup d'entre vous sont baptisés. Vous faites partie de mon Eglise, malgré vos péchés, c'est pourquoi je me suis fait un devoir de venir vous avertir : rendez-vous, au nom de Dieu ! Kowi, je t'en conjure, convainc les tiens de se rendre.

– Jamais !

Ce refus avait jailli, d'un coup, hors de moi. J'avais crié si fort que tout mon corps en tremblait. C'était une grave impolitesse vis-à-vis d'un aîné, mais personne ne songea à m'en faire honte. Au contraire, tous se joignirent à moi vigoureusement :

– Les guerriers ne se rendent jamais ! Jamais !

Les femmes nous soutenaient, s'animaient, menaçantes, elles aussi. Et le père Augustin, marmonnant des imprécations dans sa grande barbe rousse, avait relevé sa soutane pour fuir plus vite, sous les rires et les huées.

Maintenant, j'étais allongé dans l'ombre de la case sur des peaux de niaoulis. Quelques jours auparavant, j'avais eu l'épaule démise. Le takata avait parfaitement rapproché les os et ils avaient repris comme des branches. Je pensais à la visite du père Augustin. Nous avions répondu comme il le fallait. Mais il était vrai que nos morts étaient de plus en plus nombreux.

Non loin de moi, les filles battaient l'écorce pour faire la coiffure des funérailles, je les entendais chanter et réciter :

– Nos pères ont bu la vie, ils dorment sur la haute montagne, nos frères font la guerre.

Cette dernière phrase me fit sourire, car j'avais reconnu la voix de ma grande sœur Moiek. Jamais nous ne nous approchions, cela ne se faisait pas, mais l'entendre m'apaisait.

– Sur nos pères et nos maris pousse l'herbe de vie que le takata envoie à ses guerriers pour les préparer au combat.

La voix de Kéa, ma mère, vint ensuite comme un bercement.

– Ils dorment immobiles contre le rocher. Tous les bruits de la tribu, frappant autour d'eux, ne leur font pas lever la tête.

– Dormez, ô pères ! Dormez, la vie est bonne, le sommeil est meilleur.

– Douce est l'ombre des cocotiers, plus doux l'oubli. L'ombre la plus grande est sous la terre où plus jamais on n'a faim.

J'avais fermé les yeux, des larmes roulaient sous mes paupières closes. Comme il devait être doux de se laisser glisser dans la mort lorsqu'on souffrait et qu'on voyait les siens souffrir. Mais, pas de lâcheté. Il fallait mourir en brave pour avoir droit aux chants des femmes.

J'entendais de nouveau la voix de ma mère.

– Dormez, pères, dormez longtemps, le sommeil est doux, dormez toujours, la mort est meilleure.

– *Oin math lélé lélé*, le sacrifice est beau, reprenait enfin la voix de Moiek.

Ces langues de femmes, qui se croisaient et se répondaient, soutenaient mon courage. Oui, il me fallait, maintenant, beaucoup de courage. Nombre des miens, effrayés par la supériorité militaire dont faisaient montre les Blancs, passaient de leur côté. Ils leur servaient de guides pour dénicher les refuges, les grottes où nous nous cachions après chaque combat, loin des villages.

Je n'avais pas été surpris d'apprendre que Noudo avait refusé de prendre part à notre révolte. Noudo, suivi par Segou, bien sûr. Mais il avait fait pire : complètement vendu aux Blancs, il leur avait juré de leur rapporter la tête du grand chef Ataï. Les Blancs lui avaient promis en échange une forte récompense. Cette façon de faire la coutume était répugnante.

A cette pensée, une chaleur de fièvre me brûla le front et ma mère, entrant dans la case, me prit la main, comme à un petit enfant, alors que j'étais un homme. Mais je me laissai faire... Pour un instant furtif, j'avais besoin de sa tendresse amollissante. En effet, je sentais quelque chose sur mon cœur, un poids, une prémonition de malheur. Je dormis d'un sommeil agité par des rêves angoissants.

Le lendemain, j'avais oublié mes inquiétudes et je me levai frais et dispos, en paix avec mon totem. J'avais retrouvé ma dureté de combattant. Je devais accompagner mon oncle dans une expédition guerrière. J'avais pris l'habitude du combat et je n'éprouvais pas de peur.

Je cheminai plusieurs heures derrière Ataï. Je le trouvais particulièrement beau, ce jour-là. Ses cheveux étaient devenus blancs pendant la guerre ; l'aigrette qui y était plantée mettait des couleurs rayonnantes sous l'éclat du soleil. Il portait deux magnifiques colliers en poils de roussette, un bagayou à traîne et sa fronde roulée en couronne sur le sommet de son crâne. J'apercevais les deux pointes de sa barbiche au-dessus des fougères, car il relevait haut la tête, lui le grand chef. Je me disais et me répétais dans mon cœur que personne ne pouvait atteindre un homme aussi courageux, intelligent et respecté.

Près de lui, le nain Andia chantait à voix claire :

– Ce n'est pas le sang pâle des arbres

qui coulera aujourd'hui, c'est le sang rouge du cœur. Le cyclone couche l'herbe, la guerre abat les guerriers. La hache ouvre les crânes, la sagaie s'enfonce dans les chairs, c'est la guerre, la guerre !

A cet instant, un bruit de pieds chaussés nous fit dresser l'oreille, un bruit lourd ; les soldats devaient être nombreux. Nous nous sommes immobilisés, tous nos sens étaient en alerte. La colonne des Blancs déboucha bientôt, face à nous. Ils étaient vêtus d'uniformes militaires, coiffés de képis, de bérets à pompons ou de casques, chaussés de guêtres et de godillots, et armés de chassepots, de revolvers et de carabines Remington. Un équipement très lourd sous la chaleur. Mais une puissance de feu terrible. Et ils étaient innombrables. Je compris que le destin nous était contraire : il ne nous restait qu'à mourir en braves.

Cependant, le pire m'apparut : c'était un homme, un vrai homme à la peau noire, un Kanak comme nous, qui s'avançait en tête de la colonne des militaires. De la main, il leur désignait Ataï. Le fourbe ! Je le reconnus tout de suite, c'était Segou. Il avait toujours suivi Noudo. Le chef vendu aux Blancs lui avait sans nul doute donné son pouvoir, puisque seul un chef pouvait frapper un chef.

Ataï, naturellement, l'avait vu aussi. Ajustant dans sa main droite un sabre de gendarmerie et, dans la gauche, sa hache, il s'écria :

– Ah, te voilà, Segou ! Traître !

Segou, nullement honteux de cette grave injure, continua d'avancer. Il se sentait protégé par l'importante force militaire des Blancs. Andia aux jambes torses avait cessé de chanter, il faisait des moulinets avec sa lance au bout de ses longs doigts de poulpe. Segou, plus rapide, lança sa sagaie, qui traversa le bras droit d'Ataï. Mon oncle leva alors sa main gauche, brandissant sa hache.

Autour de lui, nous succombions sous le nombre des assaillants, porteurs d'armes à feu. Deux des fils d'Ataï furent blessés. Le troisième fut tué. Moi, j'avoue que j'étais comme paralysé ; on attaquait l'homme que je vénérais le plus au monde ; on attaquait ma vie.

Andia, dans un dernier sursaut de révolte, cria :

– *Tanyo tango* ! Mort au traître !

Son cri lui resta dans la gorge, il tomba, une balle en pleine poitrine.

Alors, Segou, couvert par le feu nourri de la troupe blanche, s'approcha encore d'Ataï et lui assena un coup de hache sur la tête, un autre au côté droit. Mon oncle fit encore un geste de la main, comme pour tenir sa tête déjà à demi séparée du tronc, et mourut.

L'immense cri de mort jaillit d'abord de ma gorge, avant d'être repris par tous les Kanak encore vivants et de se prolonger, tel un gémissement, jusqu'aux montagnes rouges...

Les Blancs, fiers du travail du traître, s'étaient jetés sur le corps du grand chef Ataï et lui coupaient la tête avec leurs sabres ! Ils la tinrent un moment par ses cheveux bouclés, en ricanant.

– Ah ! On le tient, le singe !

Horrifié, je regardais. Le sang coulait en ruisseau du cou de mon oncle. J'eus l'impression que ses lèvres souriaient avec mépris. Ainsi resta-t-il figé, sans doute, dans la mort. Puis les militaires fourrèrent la tête dans un sac.

Au chagrin, au désespoir, à la douleur de perdre mon oncle, s'ajoutait l'humiliation déchirante de ce geste. De plus, je comprenais avec horreur que je ne pourrais hériter de son aigrette. J'aurais pourtant dû la porter, maintenant, pour que tout soit en ordre.

J'eus un sursaut de révolte et je m'élançai imprudemment pour prendre au moins le bagayou. Désormais, c'était le mien. Une poignée de militaires se jetèrent sur moi, me ceinturèrent et me couvrirent de coups de sabre et de crosse de fusil.

Je luttai tant que je pus pour ne pas m'évanouir. Mais, quand je vis que mon père était fait prisonnier malgré son courage, que les deux fils blessés d'Ataï étaient eux aussi emmenés prisonniers, quand on me lia les mains derrière le dos en me jetant à terre à coups de botte dans la poitrine et le visage, je ne retins plus mon âme.

Je sentis que j'allais mourir et rejoindre les ancêtres. Ataï était mort et, avec lui, la puissance et le respect. L'espoir s'effondrait, mortellement frappé.

Il était juste que je meure. Mais ce qui m'emplissait de désespoir, c'est que mon souffle allait s'éteindre et qu'aucune « monnaie » de coquillages ne serait restituée à mon oncle par mon père, en échange de la vie qui lui avait été confiée.

Epilogue

Bien des années ont passé depuis notre grande révolte dont Ataï avait pris la tête. J'ai maintenant trente-six ans, si je compte comme le font les Français.

Je suis bien obligé de faire beaucoup de choses comme eux. Ce sont les maîtres. Pour eux, notre île est une petite partie de leur France, qui se situe pourtant à vingt mille kilomètres d'ici. J'ai appris cela à l'école des Pères.

J'y ai aussi appris qu'un chef français avait autrefois uni toutes les tribus gauloises contre l'occupant romain. Il s'appelait Vercingétorix. Il était intelligent et courageux. Mais il a été vaincu. Ataï a été un Vercingétorix noir.

Je suis obligé de porter des pantalons qui sont une torture pour la peau et m'empêchent de communiquer avec l'âme des arbres, des pierres. Les femmes doivent porter des robes, qui commencent au cou et finissent aux pieds. Comme celles des missionnaires. Des chaussures, non, je ne pourrais jamais porter des chaussures. De toute façon, il n'y en a pas pour moi.

Je suis obligé de vivre dans une maison dure ! Une maison fermée ! Une maison carrée ! Je crois souvent que je vais y mourir étouffé. Il n'y a plus de sens, plus d'harmonie avec la nature. Et, ce qui est vraiment terrible, c'est qu'on ne voit plus les ancêtres partout autour de nous, comme avant. Les chambranles sculptés des portes ont été détruits, les perches brisées. Où vit mon oncle mort, maintenant ? Comment pourrait-il nous aider ? Si les anciens ne sont plus au milieu des vivants, la vie n'est plus possible.

C'est pourquoi j'ai refusé de prendre femme. Je n'aurai pas de descendance. Beaucoup des miens ont fait comme moi.

Ils n'ont pas d'enfants. Notre race va disparaître. Je n'attends plus que la mort.

Je pense souvent à ce qu'avait dit mon grand-père lors du pilou-pilou de mon initiation :

– Il vaut mieux nous laisser mourir.

Mais j'ai entrepris de raconter notre grande insurrection et j'irai jusqu'au bout. Je sais lire et écrire en français. Ce savoir doit me servir à témoigner pour les miens. Si la race kanak vient à disparaître, je veux qu'on sache pourquoi.

Après la mort de mon oncle, quand mes esprits sont revenus en moi, j'étais entassé avec les corps innombrables des nôtres. Certains étaient blessés, d'autres morts. Moi, j'avais eu un évanouissement sous le choc, je souffrais de tous mes membres, mais je sentais que cela n'entraînerait pas ma mort.

Après de longs jours, où les Blancs ont laissé des blessés mourir, on nous a conduits de force dans une région montagneuse que je ne connaissais pas. Jamais je n'ai pu retourner sur le lieu de mon village. Je sais qu'il a été entièrement rasé.

Nous n'avons pas le droit de sortir de cette terre ingrate, pleine de cailloux, sur laquelle les vainqueurs nous ont parqués, comme ils auraient parqué leurs bœufs. Ils appellent cela des réserves.

Nous sommes obligés de côtoyer tous les jours des clans ennemis. En revanche, ceux avec lesquels nous avions les liens les plus forts sont dispersés. Nambas, mon père, a été déporté à l'île des Pins. Et ma mère…

Ma mère s'est tuée. Ils ont voulu l'emmener pour leur servir d'épouse et de domestique. Kéa avait eu foi en notre combat, elle nous avait aidés. Elle ne voulait pas devenir esclave, après la révolte. Elle s'est jetée du haut d'une cascade. Elle est plus heureuse que moi ; elle dort avec les ancêtres.

Mais ma grande sœur Moiek n'a pas eu le temps de se tuer, ils l'ont emmenée de force. Je n'ai pas le droit de la voir, mais cela vaut mieux, la honte est en elle.

Nous n'avons pas pu faire de cérémonie de funérailles pour la plupart de nos morts, qui sont innombrables. Maintenant que les Français m'ont appris à compter à leur façon, je sais qu'ils ont tué près de deux mille des nôtres. Nous, seulement quelques centaines, malgré notre courage.

J'ai été longtemps inquiet de savoir pourquoi ils avaient coupé la tête de mon oncle. Dès que je pouvais approcher un Blanc, je l'interrogeais. Pourquoi les Français avaient-ils décapité mon oncle ? Qu'avaient-ils fait de sa tête ? Je questionnais sans cesse. Vainement. On ne me répondait pas. On ricanait.

Un jour qu'un colon m'obligeait à transporter son bois sur mes épaules et qu'il restait là, à me surveiller, je lui ai demandé une fois encore :

– Qu'est-ce que les Français ont fait de la tête d'Ataï ? Est-ce qu'ils l'ont mangée ?

Le colon est devenu très rouge, de colère.

– Quelle horreur ! Tu nous prends pour des cannibales, comme vous, espèces de sauvages ! Nous sommes des êtres civilisés, nous. Cette tête, nous l'avons conservée dans un bocal avec du formol et nous l'avons expédiée à Paris. Elle a trôné à l'Exposition coloniale. De nombreux Français qui y sont venus ont pu voir cette hideuse tête grimaçante. Ils ont compris combien il nous avait fallu de courage pour venir à bout de pareils sauvages !

La charge de bois a dégringolé de mes épaules.

Une fois, peu de temps après l'insurrection, le père Augustin m'a emmené à Nouméa. Il ne désespérait pas de faire de moi un catéchiste. Il voulait m'impressionner avec la grand-messe de Nouméa.

Dès la sortie, je me suis faufilé prestement dans les parages de la case du gouverneur. Je voulais aller là où j'étais allé avec mon oncle Ataï. Je voulais essayer de comprendre pourquoi les Blancs s'acharnaient ainsi contre nous.

D'abord, j'ai reconnu la voix du général de Trintinian qui avait bien parlé pour nous. Cette fois encore, il a dit :

– L'administration, en tant qu'autorité, s'est toujours montrée, vis-à-vis des autochtones, inintelligente, tracassière et arbitraire. N'êtes-vous pas d'accord avec moi, monsieur Manger ? Vous qui êtes commis à la Direction de l'intérieur à Nouméa, vous devez avoir une opinion autorisée.

– Certainement. J'ai déjà dit et je persiste à dire que les colons et les administrateurs ont fait tout ce qu'il fallait pour amener cette grande catastrophe...

Il y eut des hurlements, des sifflets, des éclats de voix tellement violents que je me cachai dans l'ombre, de peur que quelqu'un sortît et me vît.

Mais bientôt un éclat de rire tonitruant domina le vacarme et une grosse voix déclara :

– Faut rien regretter. Chaque fois que ces natifs se sont révoltés, nous en avons profité pour les faire déguerpir un peu plus loin. Regardez toutes ces terres que nous avons gagnées cette fois-ci !

– Peut-être, grogna quelqu'un. Mais cela doit nous inciter à être davantage sur nos gardes, désormais. Ces tribus sont fourbes, elles ne préviennent pas avant d'attaquer.

– Tirons la leçon de cette mésaventure, conclut le gouverneur Orly, il faut tuer les hommes faits parce qu'ils nous combattent ou nous combattront, les femmes parce qu'elles mettent au monde des enfants qui plus tard nous feront la guerre, et enfin les jeunes parce que, arrivés à l'âge d'homme, ils agiront comme ont agi leurs pères. Nous ne serons parfaitement tranquilles qu'avec l'extinction de cette race.

Quand j'ai rejoint le père Augustin sur le chemin du retour, il m'a demandé :

– Alors Kowi, tu as reconnu la grandeur du vrai Dieu ? Tu es bien décidé à abandonner ta magie et tes superstitions ?

Mon cœur débordait de rancœur. Je n'ai pu que m'enfuir à toutes jambes. Je ne voulais pas répondre.

Aujourd'hui, nous n'avons plus de terres, plus de femmes, nous n'aurons plus d'enfants. Nous ne pouvons plus communiquer avec nos ancêtres, nos totems sont muets, nos cœurs et nos corps sont mutilés.

Nous avons été un peuple qui aimait et

rêvait, un peuple violent dans les guerres et les cyclones, un peuple fondu dans la nature. A l'ombre d'un banian, les hommes faisaient assaut d'éloquence pour raconter l'origine des clans, les voyages des tribus, les amours magiques. Les rires et les moqueries fusaient dans toutes les assemblées. Les haines et les querelles explosaient en guerres sauvages, puis les morts violentes étaient compensées par des échanges. Les grandes cérémonies resserraient les liens entre les vivants et les morts, entre les familles du père et de la mère. C'étaient des danses ininterrompues pendant plusieurs jours, des chants, des orchestres, des déclamations de poèmes. Les hommes se jetaient d'un coup du haut d'un rocher dans la mer turquoise pour planter leur harpon dans la chair du poisson. Les femmes tournaient habilement les poteries. Lorsque l'une d'entre elles peinait pour accoucher, les hommes se mettaient à danser pour lui transmettre l'énergie nécessaire. Avec les tarots et les ignames, nous enterrions dans les silos des pierres où se condense la puissance vitale des ancêtres. Nous étions des bâtisseurs et des horticulteurs. Nous vivions en harmonie avec le monde autour de nous. Notre monde.

A évoquer ce passé, je sens une intense nostalgie m'envahir... Un terrible regret... Au fond de moi, je n'ai jamais compris pourquoi nos coutumes, nos savoirs, notre civilisation seraient moins bons que ceux des chrétiens. Au fond de moi, je m'aperçois que je n'ai pas pu y renoncer et que la vie est la plus forte.

C'est curieux, je repense au sermon de cette fameuse grand-messe, à Nouméa. Le curé prêchait :

– Dieu a dit : « Croissez et multipliez-vous. »

Comme les ignames, en fait... Je médite aussi les paroles du gouverneur Orly. Les Français se réjouissent de nous voir disparaître. Si, dans notre malheur, dans notre désespoir, nous nous laissons dépérir, nous laissons le champ libre à nos vainqueurs. Si nous buvons l'alcool qui mine les forces du corps, si nous ne faisons plus d'enfants, nous obéissons exactement à leur volonté. J'ai eu un sursaut, j'ai redressé la tête.

Et, à ce moment même, un messager est venu m'annoncer que ma sœur avait mis au monde un garçon. Un neveu ! J'ai un neveu ! Le messager m'a apporté une longueur de « monnaie » : des coquillages enfilés mais aussi des billets comme en utilisent les Français. Je sais que Moiek appartient à un Blanc et que son fils a déjà été baptisé. Tant pis. J'irai quand même. En cachette. J'apporterai la même longueur de « monnaie », et j'insufflerai dans l'oreille de mon neveu la vie-en-marche.

« Croissez et multipliez-vous. » Il faut survivre. Peut-être un jour les chants reprendront-ils. Peut-être un jour les danses de pilou-pilou seront-elles là de nouveau pour faire les liens et nouer des alliances avec les clans. La naissance d'un bébé me redonne la force d'espérer.

Je devine qu'il est plus clair de peau que ma sœur et que moi. Et je sais par le messager que son père l'a appelé Jean-Marie. N'importe. Moi et ceux de mon clan, nous l'appellerons Ataï. En cachette.

Un siècle après la Grande Insurrection, Ataï, le vieux chef de guerre, n'est point mort et l'invocation de son nom apparaît comme un cri de ralliement pour une partie de la jeune génération mélanésienne.

Les tensions et les confrontations d'aujourd'hui sont filles du drame qui s'est noué, il y a cent ans, sur cette terre, et que le temps et l'oubli n'ont pas suffi à gommer.

Alain Saussol in *L'héritage*
Avant-propos, juin 1978
(Société des océanistes – musée de l'Homme)

Glossaire

araucaria : sorte de pin pouvant atteindre cinquante mètres de hauteur.

bagayou : étui en fibre d'écorce, enroulé autour du sexe de l'homme et retenu par une cordelette enserrant la taille.

banian : grand arbre de bord de mer, à feuilles rondes, dont on faisait des fibres pour les vêtements.

bouro : arbre de bord de mer, à feuilles rondes, dont on faisait des fibres pour les vêtements.

casse-tête : massue.

(faire la) coutume : échanger un don contre un don.

herminette : sorte de hache à lame de pierre qui servait pour l'abattage des grands arbres et pour la sculpture.

igname : tubercule qui ressemble à une grosse pomme de terre et qui formait la base de l'alimentation des Kanak. Ils connaissaient plus de cent variétés d'ignames. Comme elles se cultivent annuellement, on comptait en ignames. Une igname = une année.

Kanak : autrefois, les Français écrivaient Canaque(s). Aujourd'hui, les Kanak préfèrent employer le mot Kanak, toujours invariable (qu'il soit masculin ou féminin, singulier ou pluriel).

monnaie : il ne s'agit pas d'argent, mais d'objets qu'on donnait pour sceller un contrat entre des clans ou des personnes. On devait donner en échange exactement la même « longueur » (c'est-à-dire valeur) de « monnaie » : c'est ce qu'on appelle « faire la coutume ».

niaouli : arbre à écorce souple, spongieuse (on dit : la « peau » de niaouli) et aux feuilles aromatiques. L'essence de ces feuilles sert à fabriquer l'huile *goménolée*, bénéfique contre les rhumes.

roussette : sorte de grosse chauve-souris. Un des très rares mammifères dans l'île avant l'arrivée des Blancs.

sagaie : lance.

tafia : alcool très fort introduit par les Blancs.

takata : médecin, sorcier, guérisseur.

tarodière : champs en terrasses, savamment irrigués, où poussaient les *taros,* tubercules un peu semblables aux ignames.

totem : les ancêtres du clan paternel se manifestent sous la forme du totem, qui est un élément du monde naturel. Il est la vie, il est le sexe, il est le moi le plus profond.

Achevé d'imprimer sur les presses
de l'Imprimerie du Corrézien
19460 Naves
Dépôt légal : 2e trimestre 1992